자취요리왕 1

초판 1쇄 인쇄 2023년 2월 21일
초판 1쇄 발행 2023년 2월 28일

지은이 가위
펴낸이 김문식 최민석
총괄 임승규
기획편집 박소호 김재원 이혜미 조연수
　　　　　 김지은 정혜인 김민혜 명지은
디자인 문성미
제작 제이오

펴낸곳 (주)해피북스투유
출판등록 2016년 12월 12일 제2016-000343호
주소 서울시 성북구 종암로 63, 5층
전화 02)336-1203
팩스 02)336-1209

© 가위, 2023
ISBN 979-11-6479-861-2 (04810)
　　　　 979-11-6479-860-5 (세트)

글·그림 **가위**

자취
요리왕 _1

이름 : 정지호

나이 : 23세

키 : 176cm

생일 : 3월 7일

혈액형 : B

장래희망 : 건물주

전공 : 인문학과

제일 좋아하는 것 : 현호

제일 싫어하는 것 : 무력감

좋아하는 음식 : 라면, 치킨윙, 갈비찜

좋아하는 음악 : 가요

좋아하는 영화 : 드래곤 길들이기

인생 최대 탈선 : 몰래 피시방 가기,
　　　　　　　　　몰래 고양이 입양하기

엄격한 부모님 밑에서 자라 생각보다 얌
전하고 모범적인 학창 시절을 보냈다. (한
거라곤 공부랑 게임뿐…) 대학에 입학하고
자취를 시작하면서 처음엔 내 세상이다
싶었으나 자기가 외로움을 많이 탄다는
것도 그때 깨달음. 친한 친구들 사이에서
하찮은 포지션이지만 놀림당해도 금방 잊
는다.

이름 : 최우혁

나이 : 23세

키 : 185cm

생일 : 12월 28일

혈액형 : A

장래희망 : 끝없이 영감을 받는 삶

전공 : 산업디자인

제일 좋아하는 것 : 응석 부리기

제일 싫어하는 것 : 선입견

좋아하는 음식 : 쌀국수, 버섯전골, 복지리

좋아하는 음악 : 하우스, 일렉

좋아하는 영화 : 죽은 시인의 사회

워낙 또래 중 늦게 태어나서 어릴 땐 작고 예쁘장하다는 소리를 들었다. 그때 또래 들한테는 치이고 어른들한테는 예쁨받아 서 이상하게 응석 받아주는 또래를 좋아 하는 성격이 형성됨(?). 저래 보여도 나름 의 세계가 깊고 감성이 있어서 모자란 것 없어 보인다고 함부로 대하면 상처받는다. 사실 좀 도련님 맞다. 학교 다니면서 자취 하지만 강아지 개떡이는 본가에 있다. 집 에 가면 거의 개떡이랑 논다.

이름 : 이종한

나이 : 피디치고 어림

키 : 185cm

생일 : 6월 10일

혈액형 : AB

장래희망 : 국장

전공 : 미디어커뮤니케이션(신방과)

제일 좋아하는 것 : 방송에 쓸 만한 것

제일 싫어하는 것 : 프로그램 논란
　　　　　　　　　시청률 하락

좋아하는 음식 : 삼겹살, 회, 막창

좋아하는 음악 : 클래식

좋아하는 영화 : 소림축구,
　　　　　　　　새벽의 황당한 저주

인생 최대 탈선 : 사고 치고 정학

공부도 할 만큼 했고 놀기도 놀 만큼 놀았
다. 그래서 일에만 몰두하다 보니 어느새
나이를 먹어버린 것에 약간의 슬픔을 느
낀다. 잠도 못 자고 니코틴 알콜에 쩔어 살
지만 정기적으로 받는 건강검진에서는 특
별한 이상이 없다고 나옴. 이상한 소리를
자주 하지만 원래 그런 기질이 있기도 하
고 항상 반쯤 정신이 나가 있어서 그렇기
도 하다.

이름 : 박관종
나이 : 21세
키 : 175cm
장래희망 : 빌보드 1위
제일 좋아하는 것 : 관심
제일 싫어하는 것 : 무관심

아이돌 지망생으로 듣보 기획사에 소속되어 있다. 나름 그 회사에선 에이스라서 꽤 대접받고 있기 때문애, 자체적으로 요리 과외도 붙여줬었음. (오랫동안 안 떨어진 이유) 현재 데뷔를 앞두고 있다.

이름 : 김근돼
나이 : 28세
키 : 181cm
장래희망 : 좋은 아빠ㅎㅎ
제일 좋아하는 것 : 여자
제일 싫어하는 것 : 잘난 남자

호텔조리학과. 학번이 좀 있지만 아직 졸업을 안 하고 엠티, 오티엔 다 따라다닌다. 어쩐지 갈수록 술자리에서 본인 옆에 아무도 안 앉는 것 같지만, 자신이 너무 멋진 나머지 모두가 수줍어서라고 생각한다.

이름 : 변광인
나이 : 35세
키 : 166cm
장래희망 : 여행사 창업
　　　　　　　(사기치려고)
제일 좋아하는 것 : 돈
제일 싫어하는 것 : 무시받는 것

중고차 사기꾼으로 알려져 있지만 그 전부터 소소한 사기를 치며 살아왔다.
조폭은 아니고 동네 건달 시다바리 정도이며 문신은 세 보이려고 한 것이다.

이름 : 이지연
나이 : 22세
키 : 171cm
장래희망 : 카페 사장
제일 좋아하는 것 : 친목
제일 싫어하는 것 : 구차한 것

이름 : 김청순
나이 : 24세
키 : 164cm
장래희망 : 여행 칼럼니스트
제일 좋아하는 것 : 멋있는 거
제일 싫어하는 것 : 못생긴 거

이름 : 신귀신
나이 : 23세
키 : 165cm
장래희망 : 역술인
제일 좋아하는 것 : 친절한 것
제일 싫어하는 것 : 외로움

SEASON 2

'자취요리왕 시즌 2'
케이블 채널에서 방영했던 '자취요리왕'의 후속 프로그램으로서,
전문가들이 경쟁했던 기존 요리 서바이벌과는 달리
일반인들이 자취 요리로 경쟁하는 친근한 포맷을 도입해
최고시청률 5.3%를 기록했다.

시즌 1을 봤던 대부분의 참가자 내지 시청자들이
깨달은 사실 하나가 있다면

팬덤을 형성할 수 있는

(개염병)

비주얼, 예능감 등이 생존에 아주아주 중요하다는 것이다.

나는 가진 거라곤 비주얼과 성깔 조금인 대학생이었다.

튀려고 안달 난 다른 사람들에 비해 관종도 아니고
완전히 염치를 내려놓지도 못한

이렇다 할 경쟁력은 없는 참가자.
내 포지션을 정의하자면 이렇다.

그래도 살고 싶어서
내 나름 할 수 있는 조사를 다 한 결과

[백방으로 자료 수집을 하고
전 시즌 대사를 외워서 랩을 할 정도로 재탕한 다음
엑셀로 정리하고 주변 사람들에게 피피티 발표까지 해서
오답 노트까지 작성함]

살아남기 위해 선택한 방법은

바로

비게퍼였다.

이 만화 보는 사람은 대부분 알겠지만 '비즈니스 게이 퍼포먼스'라는 뜻임.

반응 좋아?

떡一

추첨 얼마나 남았지?

3일.

...

나라고 좋아서 하는 거 아니니까 평소에도 연습 좀 하자고.

그, 뭐냐?

비…기퍼?

카메라 앞에서나
하면 돼.

네 팬들이 뭐라고
할까?

너 그렇게
우승에만 환장한
놈이라는 거

내가 같이 비게퍼하는 놈은

비꼬지 마.

어차피
너도 나 이용하는
중이잖아.

재수없고 양아치같이 생긴 씹새끼에 인성은 파탄난 소시오패스고
말 한 마디 할 때마다 주둥이를 팍 쳐서 싸물게 만들고 싶은
호로방탱이인데

맞아.

뭐, 어차피

우승은
내가 할 거니까.

어쩌다 보니 이놈과 비게퍼를 계속하게 되었다.

사실 생긴 게 그나마 제일 나음

…재수없는 새끼.

그 결과는 솔직히 나쁘지 않았고…
가 아니라 반응이 생각보다 폭발적이었고

그 덕에 나는 든든한 팬덤을 얻게 되었다.
(하다가 반응 안 좋으면 딴놈으로 갈아타려 했으나 그럴 수 없었음)

좀 짜증 나긴 하지만 목표는 우승이고
결승까지만 가면 이놈이랑도 끝이라

그때까지만 참을성 있게 이놈과 썸타는 척하면 되는 일이다.

진심으로 날 싫어하는 게 느껴진다.

우승은
내가 할 거야.

싫어하려면 해.

나보다 절박하지도 않은 놈의 괄시 정도는 아무것도 아니야.

나는 꼭 우승을 해야만 한다.

모든 대학생이 돈이 없는 걸까,

나만 돈이 없는 걸까?

알바하고 돈 벌 시간에
공부를 하고 부모님한테 돈 달라고 해!
자식이 공부하는데
돈 아까울 부모가 어디 있냐?

자퇴할까

자살할까

오래된 고민이지만 그 답은 모르겠고
어쨌든 나는 돈이 없다.

이놈의 대학은 정도를 모르고 돈을 쭉쭉 빨아먹고,

알바비도 장학금도 용돈도 삽시간에 없어져버리니
더 이상 이렇게 푼돈 벌어선 유지가 안 되겠다 싶었다.

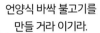

내사 마 오널언

언양식 바싹 불고기를
만들 거라 이기라.

맛있겠다…

이래

바싹 꿉어가

상치에 밥이랑
막장이랑 고기랑
싸 묵으면 직인다.

자취요리왕

시즌 2
대한민국 자취생들이여 일어나라!
상금 **5천만 원**을 향한 도전을 기다립니다.
www.yoriwang2.com < 참가신청

이거다.

그래서 바로 신청서를 내고
예선을 보러 가서 요리 하나를 했다.

정지호 씨,
이게 무슨 요리죠?

고기국수요.

왜 이 요리를
했죠?

…그냥요.

구구절절한 사연이 있지만
면 붇기 전에 처먹으라는 뜻

며칠 후

정지호 씨.
자취요리왕 PD인
이종한인데요.

본선 진출
합격하셨으니
2주일 뒤 짐 싸서
합숙소 들어오세요.

그리고 나도 왜인지는 모르겠는데 후루룩 합격을 해버렸다.

애들아,
나 좀 도와줘.

나 꼭 우승하고
싶어.

얼척없음으로 인한 정적…

…

어떻게 제일 주목받고 팬을 많이 모을 수 있을지 모르겠어…

난 알아.

뭔데?!

둘이 사귀면 돼.

뭔 소리야?

(과 수석이 하는 말이라 이상하게 설득력이 있었다.)

걔를 견제하는 게 아니라

이용하는 거야.

그날 '비즈니스 게이 퍼포먼스(Business gay performance)'
라는 걸 처음 들었고, 밤을 새워 검색을 했다.

내가 모르던 세계는…

엄청났다.

우승하려면 이 방법밖엔 없다는 생각을 할 정도로…
(약간 미침)

그 후,
친구에게 관련 서적과
자료를 받아 분석하고

보고서를 제출한 뒤,

자료 분석 보고서

여기 있습니다
친구님.

8반 이쁜이가
너야?

컷-

피드백을 받아
실전 연습까지 마친
완벽한 상태로

오프닝을 찍으러 첫 촬영에 갔다.

내가 다 조진다 인간들아!

...

그런데 진짜…

쓸 만한 놈 없다…

그나마 쟤,

꾸미기라도 하는 애.

듣보 아이돌 기획사
연습생인데
인지도 쌓으려고
나옴.

몸 관리라도 하는 애.

호텔조리학과.
전공자가 이런 데
나오다니
짜증이 난다.

아니면 쟤.

시도조차 못 해보는 거구나…

정지호.
대학생.
23세.
자취 경력 2년.

최우혁.
대학생.
23세.
자취 경력 1년 반.

그렇게 잘생긴 애는
처음 봤다.

적당히 잘생긴 애로
찾으면 되겠다
싶었는데…

너무 놀라서 말도 한 마디
못 하고 집에 와버렸어.

…형아 어쩌지?

효아꿍

합숙소 들어가는 날이
바로 일주일 뒤인데,

같이 비게퍼 하자고
말할 수 있을까?

...

할 수 있고, 말고 가
어디 있어.

무조건 해야지.

자자, 우리 애기야.

머릿속에서

걔가 떠나질 않았다.

합숙소 들어가는 당일

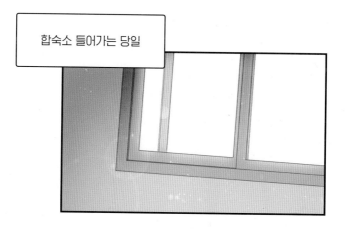

모래랑 사료 같은 건 모자라면 나한테 바로 연락 줘.

택배로 보낼게.

간식은 너무 자주 주지 마.

무슨 일 있어도 꼭 연락하고.

알았어.

아이~ 귀엽다~

이야옹~

형아 갈게…

…

잘 가~

합숙 잘하고
경연도 잘해~

빠이빠이~

안녕… 흑…

니야옹~

이야아옹…

학교는 방학했고,

[프로그램 특성상
대학생들이 많이 참가하기
때문에 대학생들 방학에
맞춰서 찍는다.]

짐 챙겼고

전략 세웠고

엄마 아빠한텐
말 안 했고

고양이 맡겼고

1005

완벽해.

보고 싶어서
어떡하지…

저기요.

저 들어가야
되는데 좀…

아 시발…

개쪽팔린다.

…

47

저기…

난
최우혁이야.

…나, 난 정지호.

야…

이거 내가 마시려고
산 건데 너 줄게.

좀 있다
보자.

지호…야.

…

응,

고마워.

삥긱

삥긱 —

딱一

시원하다…

남자 숙소에는 총 여섯 명의 참가자가 서식하게 되었다.

이 숙소에 방이
세 개고 침대가 두 개씩
있더라구요.

저희가 여섯이니까
아무래도 두 명씩
방을 쓰면 되겠지요.

변광인.
(이 날씨에 왜 목폴라를…?)

아, 저는 형님이랑
방 쓰고 싶습니다.

형님 저랑
방 쓰시죠!

그나저나 아까
밖에 잠시 나갔는데
여자 참가자 한 명
마주쳤지 말입니다.

키는 작아도
귀엽상인 게 좀만
작업 걸면
넘어오겠던…

김근돼.

엄멈머 나 좀 봐
언더용 마스카라
안 갖고 왔잖니!

전 좀 예민해서
안쪽 방 쓰고 싶은데요.

김조연 씨
나랑 방 써요.

박관종.

하하, 네…

김조연.
(기 약함. 존재감 없음)

맞아요.

우혁 님은 멋있으셔서 인기 많을 것 같습니다.

아, 전…

아, 광인 형님이 더 잘생겼습니다.

요즘은 이런 편한 스타일이 여자들한테 더 어필되죠~

형님 같은 스타일이 지식인 스타일이지 말입니다.

하하, 근돼 님도 남자다우셔서 인기 많으시겠어요.

…

아, 뭐 없진 않죠~

정지호는 한참 떨어지는 놈이 잘난 놈을
노골적으로 견제하는 게

얼마나 추한지 이보다 강하게
느낀 적이 없었다.

그리고 본인은 절대로 이런 꼴을
안 보여야겠다고 마음먹었다.

너도 참 잘생기고
눈에 띄어서
인생 짜증 나겠구나…

…왜?

아니야.

…

…너랑 방 써서
다행이야.

그럴 만도 하지.

팍

?

?

그래서 어쩌다가 우리 둘이 방을 쓰게 되었다.

근데 나(랑 쟤)…

혹시 은따 같은 건
아니겠지.

뭐가 어쨌든
이건 찬스다.

비게퍼 얘기를
빨리 꺼내라는 신의 계시야.

└ 머릿속에 비게퍼 생각밖에 없는 미치광이

우혁아.

넌 왜 여기 참가하게
된 거야?

아니… 별로…

난 인생에 시련이 없어서
이런 델 나와봐야
한다나 뭐라나…

아무튼 본선도
적당히 하다가
집에 가는 게 목표야.

여기 사람들이랑
맞는 것 같지도 않고.

나중에 집에 가면
너 응원할게.

꼭.

그래도.

첫 번째로
떨어지고 싶지는
않을 거 아냐.

…잘은 몰라도

내가 첫 번째로
떨어지지는 않을 거
같은데.

너도 알고 있구나.

너 정도면
밥에 세제를 타지 않는 이상
초반에 안 떨어질 거라고.

넌 좋은 애 같긴 한데

열폭하기 딱 좋은
애이기도 해.

그거야 모르지.

니가 첫 번째로
떨어질 수도 있어.

아니더라도
극초반에.

떨어지는 건
한순간이잖아.

넌 집에 가고 싶어 하지만

어느 정도까지는 살아남는 게 좋지 않아?

기왕에 나온 거 말이야.

…그래.

중반까지는 안 떨어지는 게 낫지.

안 떨어질 수 있는 방법이 있는데,

들어볼래?

그래.

뭔데?

지금이다.

그게…

경연에 애착이 없다는
최우혁의 말을 듣고
조바심이 났고,

만난 지 얼마 안 된
최우혁이 내게 친절하다는 것에
안심을 했다.

어처구니 없는 제안을 해도
흔쾌히 받아주거나

아니더라도 유하게
넘어가줄 만큼 좋은 애라고

그래서…

너랑 내가
비게퍼를 하면…

괜찮…

아니,

아주 좋지 않을까
생각하는데

넌 어떻…

게…

생각했다.

그렇게
우승하고 싶냐?

…응?

좆같아.

여기 인간들
전부 다.

왜 성질이야.
지만 성질 있나.

야…!

!

끼야

뭐야 이 새끼?

내가 그렇게
못 할 말 했어?

안 할 거면 말지
왜 오바야!

...

망했다…

망했는데 인터뷰를 해야 했다.

정지호 맞죠?

…네.

난 피디 이종한.

난 촬영 스태프 이차령.

간단하게
소감이랑 룸메이트,
경연에 대한 거.

뭐 이런 거
물어볼게요.

최대한 재밌게
대답해줘요.

저번 시즌에는
방 안도 찍고
자다 일어난 것도 찍고
그랬는데

하도 불만이
많아서 이런 걸로
분량 채워야 해요.

네에…

숙소는
어때요?

룸메이트는
누구?

숙소…

뭐, 꽤 좋구요…

룸메이트는
최우혁이라고…

잠깐.

뭐 때문에 이렇게
다운된 건지 모르겠는데
텐션 좀 높여봐요.

허리 펴고

고개 들고

눈 크게 뜨고

입꼬리 올리고

...

좋아.
이제 아무 말이나
해봐요!

뭔 상관이지…

제일 자신 있는
요리는 뭐예요?

웬만한 거
다 잘하긴 하는데

국물 요리를
잘해요!

고양이가 있어서
멸치 육수 낸 다음에
간식으로 주거든요.

애가 멸치를
좋아해서 일부러
자주 해요.

고양이 많이
좋아하나 봐요?

네. 걔 때문에 살죠!

아니면 왜 살겠어요…

…

뭐, 이 정도면 되겠네.

수고했어요.

수, 수고하셨습니다.

다음은… 최우혁.

애 어디 갔어요? 안 보이네.

몰라요…

참가자들 연락처 있지?

네.

연락해봐.

힘내요.

그렇게 처져 있는 거 본인한테 도움 안 돼요.

내일 저녁에 환영회 겸 회식 있으니까 까먹지 말고.

네…

감사합니다…

내일 또 봐요.

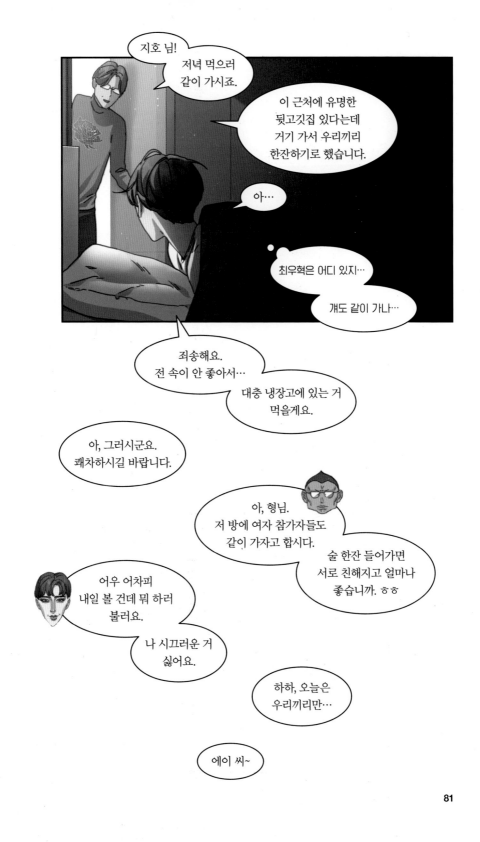

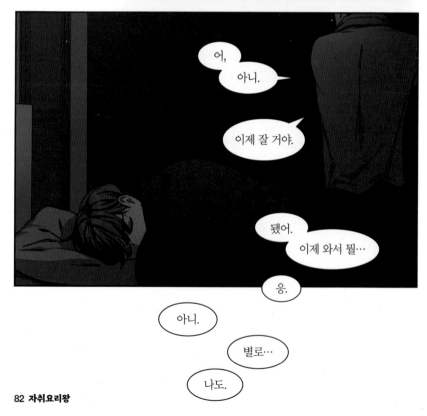

어, 아니.

이제 잘 거야.

됐어.
이제 와서 뭘…

응.

아니.

별로…

나도.

합숙 첫날 밤.

그렇게 찝찝하고 불안한 마음으로 잠이 들었다.

첫 회식 하는 날.

오늘 하루도 겁나 어색하게 씻고

밥 먹고

폰 하고

폰 했다…

그리고 오늘 처음으로
참가자 모두를 보게 되었는데

저 사람은 뭐지…

쟤도 한 인기 하겠네…

안녕하십니까.

안녕하세요.

김.근.돼.

입니다.

왜 이렇게 잘생긴 애가 많아…

나 묻히겠다…

반갑습니다~

쭛-

핫.

다들 호락호락해 보이지 않았다.

아, 우혁 씨 예선 보러 왔을 때 성 작가가 쟤는 꼭 합격시켜야 한다면서

아, 그런 건 왜 말해요!

ㅋㅋㅋ

저두 보고 놀랐잖아요.

모델인가? 막 이러고.

아, 너무 띄워주시는데

여기 매와수 한 병 더요!

그나저나 요즘…

너는 처음 봤을 때
차가울 줄 알았는데
성격이 되게 유하다~

인기 많지?

별로 없어요ㅋㅋ

야, 거짓말하지 마!
너 딱 봐도…

아, 저 아는 형
중에 진짜 잘생긴
형이 있는데

너무 잘생기면
오히려 사람들이
말을 못 걸더라구요.

그 형 완전
연예인 진한상
닮아서

연예인 누구랑도
사귄 적 있고

하-

아무도 안 궁금한
김근돼의 아는 형
이야기 5분 경과

너 안 갑갑해?

같이 편의점
갔다 올래?

!

...

숙소 가서 바로
빨아야겠다.

괜찮아, 누나.

자, 이걸로
닦아.

...

저렇게 못 생겨서
나대는 애가
더 싫어~!

저기요,

지금 내 말
씹은 겁니까?

세탁비
드린다고요.

실수한 건데
너무 예민하신 거
아닌가?

됐어요.

아, 나 이렇게 무시당해보는 건 처음이네.

뿌드득

어디 삐끼 같아가지고 요리 실력으론 나한테 상대도 안 되는 게…

하, 나 참.

허, 참 나.

어우 상스러워

참 나~

근데 님! 진정하십시오!

앞으로 같이 지내야 하는데 서로 마찰 일으키면 어떡합니까.

둥글게 둥글게 해결합시다, 하하.

아놔~ 형님 봐서 참습니다.

…

서로…?

염병한다.

근돼 님
이리 오십시오.

저 인간
왜 저래?

우혁 씨
괜찮아요?

괜찮아요.

옷 이거
어떡하냐

아~ 오늘 술병 나서
죽어야 되는데~

우리 입 관리 안 된다고 많이 마시지 말래요.

그나저나 피디님은 결국 안 왔네.

그 양반 원래 잘 안 와.

그래도 첫 회식인데…

으하하

그나저나 세트장…

야.

…

왜.

하자.

니가 말한
그거.

비게퍼인가
하는 거.

갑자기 왜?

취했냐?

원랜 여기 올 때부터
적당히 하다가 떨어지려고
했고,

니가 병신 같은 거
제안하고 나서는
더 빨리 때려치우고
싶었는데,

너네들 하는 꼴 보니까 할 수 있는 짓은 다 해서라도 꼭 이기고 싶어졌거든.

물론 정지호 너도.

어떻게 하는데 그거?

너랑 내가 사귀는 척하면 되냐?

···

일단
첫 경연에선 각자
알아서 살아남아.

초반부터 티 내면
너무 노린 티 날 수도
있으니까 눈치 보면서
적당한 때에 해.

그 전까진
그냥 너랑 내가
친한 척만 하면 돼.

언제 가까워져도
이상하지 않게.

기왕 할 거
제대로 해보자고.

난 한번 손 댄 거
대충 하고 마는 걸
제일 싫어해.

너만 잘하면
돼.

(드디어) 첫 번째 경연 날.

싱크대는 이렇구나…

왜 꼬라봐.

좆같아서 본다 왜.

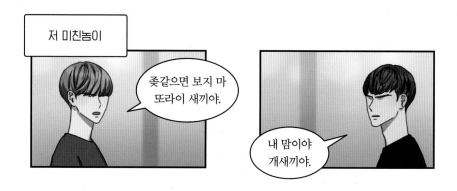

저 미친놈이

좆같으면 보지 마 또라이 새끼야.

내 맘이야 개새끼야.

최우혁은 생각보다 더 성격 파탄자였다…

(너는?)

처음 봤을 땐 그렇게 친절한 척해놓고…
가식적인 소시오패스 같으니…

…

그래도 다행인지 뭔지 최우혁 때문에 짜증 나서
경연이 긴장되지 않았다.

여느 프로그램이 그렇다시피 경연 전에는 의례적인
심사위원의 연설과

단순한
요리 서바이벌이 아닌…

한국 청년들의
식문화를 대표…

20분 경과

문화 현상으로서…

이상 모든 참가자들의
건투를 빕니다.

감사합니다.

참가자들의 재롱잔치가 필수였다.

제가 알기로!

여기 있는
참가자들 중에
요리 실력뿐만
아니라,

다른 재능까지
겸비한 분들이
계시다는데요?

우리 참가자들이
아주 장기가 많다고
들었습니다~!

아…
장기는 무슨…

쪽팔리게…

아마추어들…

연예인들이 왜 그렇게
카메라에 한 번이라도
더 잡히고 싶어서 난린데.

장기자랑이든 뭐든
화면에 한 번이라도 더
나오는 게 이득이다.

나는 이럴 줄 알고
여기에 대비한
전략도 세웠지.

정…지호
참가자?

어디 계신가요,
정지호 참가자?

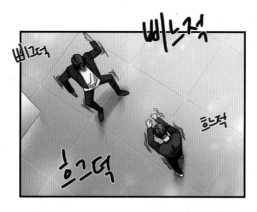

이야아아~

우리 참가자들
정말 대단합니다!

멋진 무대를 보여주신
우리 참가자들께 박수
부탁드립니다!

쉬는 시간 잠깐 가지고
경연 본격적으로
들어갈게요!

우르르

나 좀 봐.

너 좀 모자라냐?

뭐?
왜 자꾸 시비야?

모자라서
모자이크다, 왜.

너 눈에 띄자고
그런 븅신 같은 춤 춰버리면
너랑 게이 짓 해야 되는 나는
뭐가 돼!

…

븅신 같은
춤이라니…

웃기라고
춘 거 아니야?

…

…

…웃겼어?

창문 큰 강의실에 숨어 들어가서

창문 보고 매일 연습했는데…

그렇구나…

아니, 그게…

…

박관종보단
잘 쳤어.

진짜?

어…

아깐 나한테 성질이란
성질은 다 부려놓고

왜 고작
이런 거에 기 죽어?

성질은 니가 먼저
부렸잖아!

말 나오니까
말인데,

너 왜 비게퍼
하자는 거에 개정색
해놓고 말 바꾸고 그래?

너 그거 때문에
나한테 틱틱거리는 거
맞지?

내가 그렇게
못 할 말 했어?

어. 그렇게 남 이용하는 거
혐오스러워.

윈윈 하자는 건데
뭔 이용이야?

어쨌든 너도
하기로 했으니까
똑같은 거야.

서로 이용하는 거니까
혼자 착한 척하지 마.

…야,

세트장으로
모이래요!

!

후닥-

뭐.

…

다음부터 그런 허접한 춤 추면 사귀는 척이고 뭐고 없어.

안 춰…

그리고 비게퍼 무르기 없어.

첫 번째 경연 주제는 자취생 식탁의 단골 재료
'달걀'

나갔다 온
사이 방청객이
생겼다…

예상했던
반응…

갈조 님
쟤네 어때요?

...

괜찮을 것
같지 않아요?

존나 키 크고
잘생긴 애랑

하얗고 귀엽게
잘생긴 애.

쟤네한테
주식 건다.

오오오...

갈조사마...

순수하게 요리를 하는 시간은 30분이 주어졌고,
[자취 요리라 시간도 많이 안 줌 ㅅㅂ]

그 안에 심사위원에게 먹일 요리를
완성해야 했다.

잠시만요!

조심 좀
해요!

그다음에 똑같은 레시피로 평가단에게 먹일 요리를
4인분 정도 만들고,

시청자들이 따라하기 쉬운 요리를 하는 게
프로그램의 취지이기 때문에

레시피도 상세하게 적어서 제출했다.

(이걸 다 하고 나면 진이 빠져서
사람이 이렇게 된다)

이 과정을 모두 거친 후에야
심사위원 점수와 판정단 점수를 합산해

우승자 한 명과 탈락자 결정전을 치를 두 명을 선정한다.

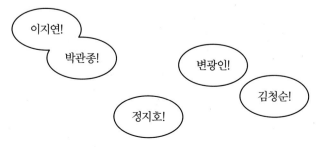

호명한 참가자들은
탈락자 결정전에서
제외되었습니다!

다음 경연에
도전할 기회를
얻으셨습니다~!

축하드립니다!

우와아~

예서!

나는 뭐, 당연히 탈락자 결정전엔 가지 않았고,
(예상했던 결과^^)
무난하게 통과를 했다.

조금 놀랐던 부분은,
최우혁의 실력이 출중하다는 것이었다.

최우혁 참가자가 만든
해물계란탕은

익숙하면서도
이국적인 맛의 조화가
뛰어나고,

레시피도 간편한
탁월한 요리입니다.

하지만
들어가는 재료가
다소 고가일 수
있다는

아쉬움을
남겼죠.

가격 또한
자취생에게는
중요한 요소입니다.

뭐 하나라도
좀 못해라…

그리고 예슬인 참가자가 만든 계란장덮밥은 재료도 간소하고 맛도 훌륭한 창의적인 요리입니다.

그러나 흰자와 노른자를 분리해서 조리를 해야 하는 과정이 번거로울 수 있다는 작은 아쉬움을 남겼죠.

둘 다 훌륭한 요리임은 틀림없습니다.

우승자를 선정하는 데 아주 고심을 했는데요,

과연

우승자는?!

예슬인 참가자의 계란장덮밥!

우와아…

짝짝—

와아…

짝짝

그 후의 순서는 탈락자 결정전…
(이지만 내 일 아니라 비교적 관심없음)

치열한 경쟁 중

탈락자는
김조연 씨입니다…

그는 이름처럼 존재감 없이 프로그램을 떠났다…

꺄~ 나 방 넓어져서
넘 쪼앙!

치열했던 첫 번째 경연이 끝나고,
두 번째 경연을 대비해 본격적으로 준비를 시작했다.

내가 정리를
해봤는데,

…

다음 촬영 땐
15분 간격으로
음…

내가 널 쳐다보고
그다음 니가 날
쳐다보는 걸 반복해.

그다음에
30분 간격마다

입모양으로
뭔가 대화하는 척을
하는 거야.

그리고 재료 가지러
팬트리에 갈 때
서로 어깨를 한 번
스치고…

그걸 다 짰냐?

아, 내가 원래 좀
철저한 성격이라…

쓸데없는 짓
왜 하냐는 뜻이었는데.

…

129

그리고 항상
나 의식해.

나도
그럴 테니까.

괜찮은 것
같은데…?

근데 괜히
기분이 안 좋다.

누구는 감정 생기고 싶은 줄 아나?

왜 자기 혼자만 극혐하는 척하는 건데…

나도 싫다. 당연히 감정 생길 일 없어야지.

아니, 그런 일은 애초에 없다.

비게퍼를 하든 뭘 하든 그럴 일 없는데,

괜히 말 꺼내선 나 혼자 세뇌하는 것 같아서 짜증 나.

내심 조금 느끼고 있었는지도 모른다.

감정 없는 게 맞지.

없어야 해.

이미 내가 널 의식하고 있다는 걸.

오늘은 짤막하게 요리 클래스가 있어서 촬영장에 가야 했다.
(이런 것도 다 방송에 나온다고 한다.)

괜찮아?

너 어제
잠 못 잤어?

저 쓰놈이…

된장을
섭섭하게 퍼서

장요리 전문가 한장자 명인에게 배우는
바지락 된장국과 달래 된장무침

손으로
슬슬하게 무칩니다.

참기름
오줌맨큼만
넣고…

얘는 또 왜
여기 선 거야…

어쩌구저쩌구

└ 목을 최우혁 쪽으로 안 돌리려고 엄청난 노력 중

...

자~
이제 여러분들이

따라
만들어보세요~

탁탁탁

2차 경연 땐
비게퍼 하는 게
제대로 카메라에
들어가야 돼.

그런데
최우혁이 날 저렇게
개무시하는데 제대로
하기나 할까…

썰썰썰

자기 입으로
한다고 하긴 했지만
사실 믿음이 가진
않는다.

혹시 맘 바뀌어서
안 한다고 하면

갈아탈
다른 놈이…

없다.

비게퍼 말고
다른 보험이 필요해.

화면에라도 많이 잡히게
카메라 감독님한테 좀
딸랑거려볼까…

아니,

카메라보단
편집 쪽이 중요하지.

그럼 역시…

…

하흐허

탁

탁

탁

빨리빨리
빨빨빨

제 이름 기억하시네요?

기억하죠…

참가자도 많은데 제 이름 어떻게 기억하세요?

정지호랑 박관종은 알죠.

저번에 춤춘 거 잘했어요.

내 생각엔 오징어갑 vs 각다귀갑 이런 걸로 짤 돌아다니면서

프로그램 홍보 좀 될 것 같아요.

첫 화 명장면인데 신경 써서 내보낼게요.

고마워요.

…네에…

…

(정적)

최선을 다해 야부리 털어라 정지호

왜요?

전 피디님이랑
친해지고 싶은데요…

…?

이거 드세요.

피디님 드리려고
샀어요…

됐어요.

피디님
남자가 봐도
잘생겨서요.

이만 가볼게요.

…

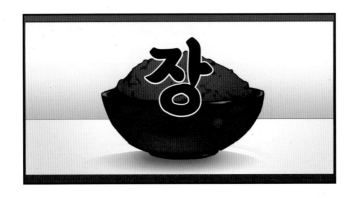

제작진이 떡밥을 던져줬듯이 두 번째 경연 주제는
'장'을 이용한 요리였다.

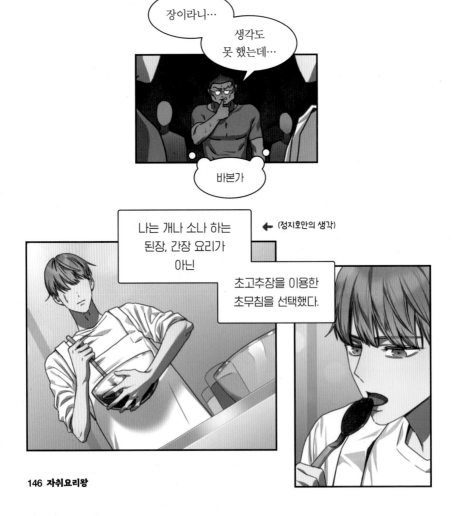

장이라니…

생각도
못 했는데…

바본가

← (정지호만의 생각)

나는 개나 소나 하는
된장, 간장 요리가
아닌

초고추장을 이용한
초무침을 선택했다.

20 : 01

17 : 34

12 : 08

08 : 27

07 : 52

으 시간 없어…!

쪽파…!

쪽파에 머리
묻혀야 되는데!

?

악 저거 넘친다!

진짜
피똥 싸겠네!

자, 이제 모든
참가자들은

00 : 00

요리에서
손을 떼주십시오!

설마

피…

가 아니라
초고추장이구나…

내가 적당히
털어낼 수
있는 거

묻히라고
했지,

머리를 아예
적시랬어?

* 표정으로 대화 중

나도 이럴 생각
없었어…

정신 없어서
실수한 거야.

돌아버리겠네
진짜…

153

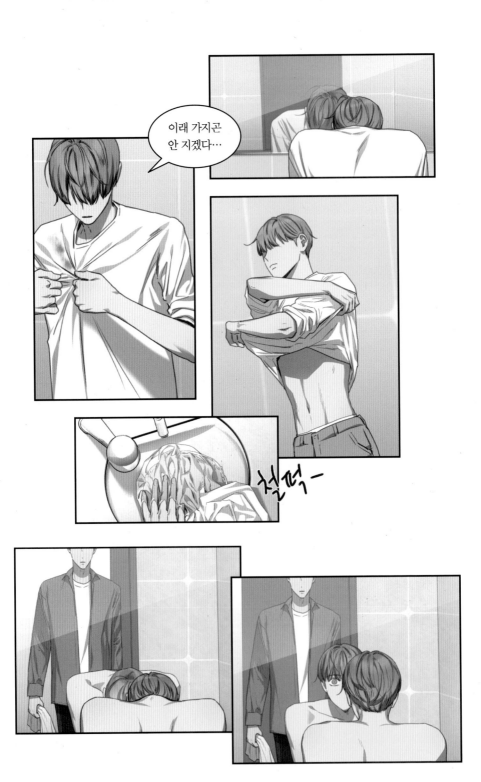

왜…

왜 자꾸 쳐다봐?

짜증 나 죽겠다.

불편해.

얘랑은 편할 수가
없을 것 같다.

자기가 우위라는 듯이
사람 긴장하게나 만들고.

왜 쳐다봐?

너도 봤잖아.

눈 깔아.

니가 뭔데?

너 존나 싫어.

니가 더 싫어.

...

159

버린다는 건
그냥 가오 잡는다고
한 소릴 거고

아무래도
다시 줘야겠지…

냄새 개좋다…

암튼 이대로
입고 있으면

겁나 썸 타는 거
같긴 하겠다.

정지호.

계속
찾았는데
여기 있었네.

아, 안녕하세요.

네?

왜요?

이거 주려고.

옷에 뭐가
심각하게 묻은 거
같길래.

헐.

저 입으라구요?

근데 벌써 갈아입었네.

아, 최우ㅎ…

너무 커서 요리하기엔 불편해 보이는데 이게 낫지 않을까.

요리를 왜 또…?

저 설마 탈락자 결정전 가요?

저 오늘 잘했는데요?

그건 내가 정하는 거 아니고,

혹시 그렇게 될 수도 있으니까 말해주는 거야.

그렇구나…! 감사합니다!

빨리 갈아입고 들어와.

다음 촬영 때 돌려주면 돼.

쓰방

네, 네…!

163

나에게…

마음을…

열었나 봐…

히히

자,

잘 입었어.

...

고마웠어.

아니야.

앉아.

뭐야…

응.

어,

우혁아.

여기 있었어?

차 왔대.

숙소로 안 가고
국인 언니 위로 겸
회식 갈 거야.

같이 갈 거지?

어.

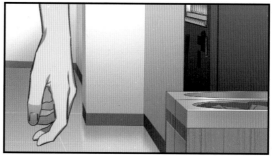

빨리 가자.

국인 씨,
정말 유감입니다.

아무래도 주제가
좀 어려웠죠?

씨발
졸라 어려웠어요.

언니,
안주 먹으면서
마셔요.

그럼 흰 한복만
여러 벌이에요?

그렇다.

하지만 자세히
보면 재질에 따라
빛깔이 조금 다른…

헐

?

나랑 잠시
나가자.

아이스크림
사줄게.

...

알았어.

너 싫어서
옷 버린 거
아니야.

난 간다.

…

아야…

Let me take you down~

야!
더 느낌 있게 움직여!

이렇게?

꿀렁

허리 더 들고!

이렇게?

꿀렁

I really wanna take you down

끼ㅡ

뭐 해?

미국춤 추잖아.
보면 몰라?!

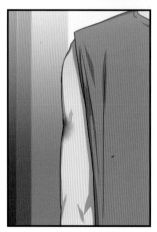

…

저거 나 보라고
하는 거 맞지…

옷도 하필
보색으로 입은 거
의도한 거 맞지.

철썩

…

아무리 생각해도 때린 건 너무했어.

그래서 파스 붙여줬잖아.

그러면 다야?

다야.

성큼

?

덥썩

씨발.

야.

방해되니까 꺼져.

아아악!

드디어 1화가 방영되었다.

이거 카메라
맛 간 거 아냐?!

내 얼굴
불어터진 가물치같이
나오는 거 실화니?

아…

나 살 좀
빼야겠다.

니 인성
×창 난 것도 방송에
좀 나와야 되는데.

아 닥쳐!

방송이나 봐!

...

...

병신 같은
카메라!

그리고 피디는 천재였다.

...

오징…

정지호!

내가 뭐랬어?

안녕하세요…

반응
좋을 거랬지?

인기 동영상에도
올랐더라고.

다음에 시청률
떨어지면 한 번 더
찍어.

내가 언제
그랬어?

개는 잘생겼고
저는 못생겼다는
말이에요?

개는 개고,
너는 이목구비가
막 크지 않아서
잘 안 나올 수도 있어.

저도 꽤
잘생겼다는 소리
듣고 살았다구요…

지금 제 외모적
자존감에 엄청나게
상처 난 거 아세요…?

…

저 가진 거
얼굴밖에 없다구요.

음…

표정을 고쳐.

너 계속
인상 쓰고 있잖아.

죄송합니다.

손에 힘이 없어서.

조심해요.

채소 값이
얼만데…

넵.

다음부턴
안 그럴게요.

여기 좀
도와줘.

괜찮아요,
제가 할게요.

빨리 5초 안에
주워서 써요.

...

...

뭐, 또.

좀 도와줘.

ㅅㅂ

냄새.

그때랑
똑같은 향수 냄새다.

아니야…

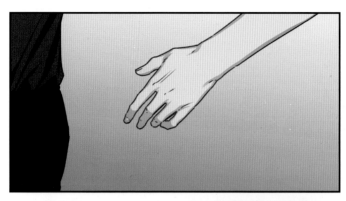

ㄱㅁㄷ @qwerty
자취요리왕 최우혁 참가자 엄청 잘생겼다;;;;

자고싶다 @ghdlgkdfji
근데 자취요리왕 오징어갑 귀엽게 생겼는데

피곤하다 @dfgkdjfigdg
자취요리왕에 존나 잘생긴애 있음

피곤하다 @dfgkdjfigdg
자취요리왕에 존나 잘생긴애 있음

ㅎㅎㅎ @oikjkj
자취요리왕 그거 어차피 관종 일반인들이 관심
멀치려고 나오는건데 양심버리고 호모먹을 에
정ㅋㅋㅋㅋ싫으면 불락 ㄱ ㄱ

댄장국 @gzcxvxc
자취요리왕 이거 최우혁이랑 정ㅈ

멸치보쌈 @qwert55556
자취요리왕 호모먹고싶ㅁㄷ

십덕 @tlwejr111
자취요리왕 저거 나도 나가볼걸 그랬나 큼큼:

헐 미친
그래도 반응이
좀 있는 것 같아!

아직 1화고
본격적으로 뭘 하지도
않았는데 이 정도면
괜찮은 거 맞지?

나 긴장시키고 싶으면
빌빌 기든지 우승을
갖다 바치든지 해.

그래야 꼴리니까.

밀어붙여.

못 할 게 뭐야
병신아.

너 혹시 거기가
존나 커?

그렇진
않아 보이던데.

…

우승에 그렇게
환장하는 거 보면
돈이 많은 것도 아니고

빽이
있어 보이는 것도
아니고

좆만 해서 한 대
치지도 못하겠는데
그 근자감은 어디서
오는 걸까?

…

나는 너처럼
어설프게 음침하다가
밑천 안 털리니까.

탁, 탁

배병호 명인과 함께하는
약식동원/보양식

수고하셨습니다.

감사합니다.

아 피곤하다.
오늘 클래스는
너무 빡셌어…

무슨 십전대보탕에
불도장이
자취 요리에 나와…

대체 다음
주제가 뭐길래…

지호 님.
저희 회식 가는데
같이 가실…

이 인간들은
어떻게 맨날
회식을 해.

전 안 갈래요.
너무 피곤해서요.

먼저 들어갈 테니까
잘 노세요.

예에…

…

왜,

키스하는 거
처음 봐?

미친…

푸핫-

아,
재밌어.

왜 웃어?

콕콕

아…

난 쟤
얼굴 빨개지는 게
제일 재밌어.

여기 봐주세요.

헐, 피부가 왜 이렇게 좋아요?

진짜 실물이 훨씬 나아요.

이거 받아요.

방송이란 건 대단했다.

감사합니다…

그저 돈에 쪼달리던 대학생에 불과하던 내게 이런 사생팬(?)이 붙다니…

관종뽕 채우기에는 최고구나, 정말.

헐…!

남신…

미친 개잘생겼어요.

쟤가 더 많긴 하지만…

口大

뭐 저딴 걸
주제로 내…

아무리
협찬이라도 그렇지…

진짜
미친 사람인가 봐.

요리를
시작해주십시오!

정지호는 여러모로 제정신이 아니었으며
전혀 예상도 못 한 상황에 취약했다.

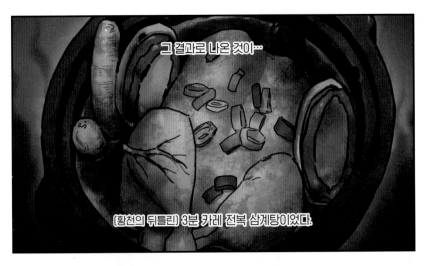

그 결과로 나온 것이…

(황천의 뒤틀린) 3분 카레 전복 삼계탕이었다.

실망스러운
요리입니다!

대표적인 보양식
삼계탕에 카레 가루를
넣기만 한 안일한 발상이
안타깝네요.

재료값이 아까울
따름입니다.

제가 봤을 땐
탈락자 결정전을
피하기 어려워 보입니다.

역대 최악의 심사평을 듣고
예상했던 대로 탈락자 결정전까지 가게 된 정지호는
멘탈이 바스라져 흩어지는 것을 느꼈다.

...

오징어남
잘생겼는데
요리는 못하나 봐,

아~ 쟤 떨어지면
내 주식 망하는 건데.

정말

혼돈의 끝은 어딜까.

그런 거 찍어서 어디
올리기라도 해봐.

어차피 넌 일반인이라
사소한 일이다만

…

맹하게 생겨서 춤도 못 추는
쑥맥 이미지 팔아먹긴 어려울 거야.

너네도 여기
관심 얻으려고
나왔잖아.

그럼 그만큼
신경 써야지.

맞는 말만 하네…

이상하게 마음이
놓인다.

심사평은 최악에
탈락자 결정전까지
간다니까

세상 끝난 것
같았는데…

저런 말 들으니까
왠지 한 발짝 물러서서
내 상황을 보게 돼.

…알았어요.
감사합니다.

219

난 방송에 쓸 만한 거 나오는 게 엄마 아빠보다 좋아.

방송밖에 모르는 미친 사람…

…

저렇게 한 가지만 바라보고 직진해야 성공하는 거야.

옷도 어디 백수같이 입고 머리도 방랑시인 같고…

사회성도 파탄 나 보이지만 방송 하나만 생각하면서 살잖아.

나도 다 버리고 우승만을…

살아남는 것만을 위해 직진한다!

저거 내가
얼마나 찾았…

안 힘들어요?

어머

괜찮아요.

아까 선물 줘서
고마워요.

다들 학생이에요?

우리 다
대학생이에요.

아, 진짜요?

전 스물셋인데.

동갑?

동생?

누나?

누나요,
씨발.

뻑

어머머

탈락자 결정전에
가게 될 참가자는

정지호

김급식
입니다.

왜 안 하던
멘붕을 하고
그래…

급식아,
수고했어.

정지흥…

으어엉

의도치 않게 붙잡혀서 달래는 사이 정지호를 놓쳐버렸다.

[그 뒤로 여기저기 찾으러 다녔지만 찾을 수 없었음]

어디 갔다 온 건진 모르겠지만 이제 멀쩡해 보이네.

그사이에 방청객한테 딸랑거려서 점수도 따고…

(이미 정지호한테 감겨서 알아서 영업 중)

다행이다…

자, 자취요리왕 시즌 2 세 번째 경연!

탈락자 결정전의 주제는 바로!

바로!

바로!

20분 안에 간단 조리 식품으로 가장 맛있는 디저트 만들기

이것입니다!

최우혁의 예상대로 정지호는 이겼다.

심사위원 점수도 우세했지만,
방청객 점수에서 월등한 차이를 보이면서.

잘했어.

...

눈치 보지 말고
나 안아.

빨리.

…니 말이
맞아.

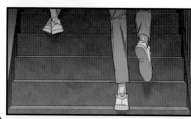

경연하다가
베였어?

응, 칼 아니고
핫케이크 봉지에.

피가 흐르진 않아서
그냥 됐어.

…왜?

탈락자 결정전
하기 전에…

피디님이랑 잠시
얘기했는데

이상하게
좋았어.

진짜 말도 안 되는
소리를 하다가 가끔씩
도움되는 말을 하거든?

근데 이상하게

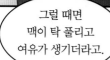

그럴 때면
맥이 탁 풀리고
여유가 생기더라고.

여유로운 사람이랑
있으면 나까지
여유로워지나 봐.

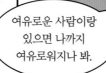

저번에도…

뭐 하는 거야?

경연밖에
몰라서

날 먼저 좆같이
대한 건 너야.

무슨 말 하는 거야…

…

너 나
좋아해?

아니.

그럴 수도
있었지.

...

첫날보다는 덜 어색하고,
더 심란한 날이 지나갔다.

그럴 수도
있었다고?

처음부터 나한테
호감 있었다는 말을
한 거야?

왜…?

뭘 했다고?

아니,

그럼 나랑 뭐 잘해보려다가
내가 비게퍼 하자니까 삐져서

날 그렇게
괴롭(?)혔다는 거야?

최우혁이 그렇게
찌질… 소심하다고?

말이 돼?

…초딩이야?

하아-

하-

지호야!

엄청 심각한 건
아니래.

그래두 아깐
진짜 놀랐어.

막 피가 나고 그러길래
큰일 난 줄 알았어.

요즘 물을 잘 안 먹어서
결석이 다시 생겼다나 봐.

퇴원하면 약이랑
물 먹이는 거 지금보다
더 신경 쓰래.

병원에서 추천하는
정수기가 있는데
그걸 사야 될 것 같아.

병원비 생각보다
엄청 많이 나오더라.

돈이 필요하다.
누구보다 절실하게.

그래서 나는 꼭 우승을 해야만 한다.

토닥

지호야,
안 가봐도 돼?

내일
경연 없어?

클래스
있긴 한데…

그냥 여기
있고 싶어…

여기 밤새
있을 수는 없어.

빨리 가서
쉬고 내일
준비하는 게 나아.

심정은 알겠는데
여기 계속 있는 건
의미가 없어.

…

걱정이 안 될 리가
없다.

잠을 못 자서
이게 뭔지도
모르겠어…

야, 정지호!

어우~
이게 음식이야
똥이야.

…왜?

너 회식
갈 거야?

아니,
난 컨디션이 안 좋아서
안 갈래.

맨날 안 간대!

재미없으니까
나도 안 갈래~

왜,
넌 가서…

?

지앙~

맨날 말하다가 처나가!

후다닥—

시발.

...

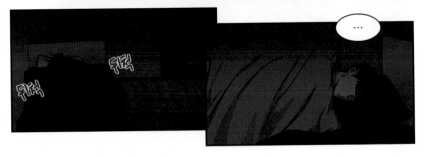

251

○○

오늘
왜 이래요?
못 알아
봤잖아요!

아,

결혼식 갔다가
재미없어서

중간에 나왔어.

회식이나 가자
오정호~

진작 좀
이러고 다니지

그동안 왜 그렇게
프지(프리+거지)
하게 다녔어요?

가끔 이래 줘야
임팩트가 있지.

저 사람은 전생에
러시아 사람이었을 거다.

우와아~

멋지다~

잘한다~

러시아 사람 중에서도
술 안 취하는 러시아 사람.

여기 사람들
왜 그렇게 회식에
미쳤는지 이제
알겠어.

◀ 이미 초장에 지침.

어, 오징오.
잔이 비었…

ㅈ됐다

야!

헤헤

오전 5:58

상태 괜찮아?

오전 5:59

유영택

웅

밥먹도

약먹고

물도 잘 먹고

자다 일어나서 지금 노는 중

오전 5:59

완전

오전 5:59

나랑 친해

내 새끼
언제 봐도
잘생겼다.

그러고 보니
최우혁은 진짜
왜 안 오는 거지?

그 후로 제대로 된
얘기도 못 해봤는데…

...

...

ㅅㅂ 뭐야

왜 여기 있어?

취하면 안 되냐?

...

나쁜놈아.

저새끼진 세상 망해도
내 신경 긁을 거야.

그다음 날.

현호야!

늬양

내일 촬영인데
얼굴 엄청 붓겠다.

엉엉

하루 종일 친구 집에서 오열 파티를 한 다음
떨어지지 않는 발걸음을 이끌고
숙소로 돌아갔다.

또 그다음 날

오빠
오늘 왜 이렇게
부었어요?

언니…

여기 좀 봐요.

13 : 30 : 45

귀찮으니까
저리 가요!

어우~ 진짜
바빠 죽겠는데!

챙

...

어어-
괜찮아요?

다친 데
없어요?

아, 네…

여기 내가
치울 테니까
신경 쓰지 말고
빨리 해요.

네…

최우혁은 시식단 평가에서는 나쁘지 않은 점수를 얻었으나,
심사위원 평가에서 심각하게 낮은 점수를 받았다.

그래서 결국은

나 사귀는 사람 없고

나 좋다는 사람도 없고

너같이 잘생긴 애 내 주제에 가지고 놀 생각도 없고

처음부터 나 혼자 조급해서 섣불리 밀어붙인 거 미안한데,

시발, 근데 니가 말 꺼내자마자 화냈잖아.

아니, 어쨌든 미안하니까

탈락하지 마!

…

알았어…

근데 쟤 혹시

고백 같은 거
한 거야?

아니지?

…맞나?

탈락자 결정전의 주제는

30분 만에 본선에서
했던 서로의 요리를
바꿔서 완성하기.

였다.

!

잘해!

최우혁은 긴장하지도,
멘붕하지도 않았다.

평소처럼 덤덤하게,
그러나 조금 더 절실하게
경연에 임했고,

인터뷰 따러 갈게요~!

나 인터뷰하고 차에 가 있을게.

이 담에 너 끝나면 차로 와.

응…

안 싫어해…

처음엔
짜증 났는데,

어쨌든 니가
무작정 싫어서
그런 건 아니야.

따지자면
그 반대라서
그런 거고…

그런데 나도
괜히 자존심 때문에

필요 이상으로
화낸 거…

미안해.

알았어,
새끼야.

착하네.

이쪽에서 먼저 미안하댔다고 바로
풀려서 순해지는 거 봐.

어이없을 정도로 순하다.

이때까지 뭐 했나 싶어.

너는 괜찮아?

너는…

나?
나도 너
안 싫어해.

여기 사람들은
너 빼고 다
나 싫어해.

처음부터 그랬어.

그거야…

너는 진짜
열폭하기 쉬운
사람이니까.

키 크고 잘생긴 건
당연한 거고,

얼굴 믿고 대충 하는
놈들이랑 다르게
요리도 잘하잖아.

그런 주제에 거만하거나
그걸 이용하는 꼬인 면도 없다.

차라리 얼굴값을
했으면 뒤에서 신나게 씹고
앞에선 친한 척했을 텐데

우혔질오 .zip
@dngurwlgh04
리버스총살
0000년 0월에 가입함
370 팔로워   0 팔로잉

트윗   트윗 및 답글   미디어   마음에 들어요

@dngurwlgh04 ·6초
하는 놈들

감이 왔어.

?

뭐가요?

얘넌
찐이야.

아직 2화밖에
방영 안 됐는데
뭘 알아요.

팔로 느는
속도 봐.

다들 진짜를
알아보는 거야.

팔로 숫자도
아이돌에 비하면
하찮은 수준이고…

10년 동안 호모만 판
내 눈에는 느낌이 와.

지금 딱 보니까 서로
썸타는 중이야.

제일 처음에 봤을 땐
약간 노리고 스킨십 하나
생각했거든?

그런데
방청 4차 가보니까
분위기가 달라.

그리고 레이더 한 번 더
세워보자면 지금은
최우혁이 정지호를
더 좋아하는 것 같아.

자꾸 정지호만 찾고
쳐다보는 거 보면
각이 나와.

정지호는 자기도
모르는 새에 최우혁한테
빠지는 중이고.

이런 리얼함은
7년 전 모 아이돌
이후로 처음 느껴봐.

나 이거
방송 끝나고도
빨 거 같아.

어차피 좀 있다
원래 오빠 제대하면
돌아갈 거면서.

나 지금
진지해!

쾅!

이건 뒷골이
섬뜩한 진짜의
느낌이 온다고!
얘네를 엮어야 할지
지켜줘야 할지
모를 정도야!

얘네 둘 곧 사귀…

과몰입 좀
하지 마요.

어차피 걔네 다
여자 좋아해요.

…

…

나도 네팔 좋아…

근데 네팔에 등산하러 어떻게 가…

그러면 그렇지.

그냥 뒤끝이 남은 거면서 뭐가 인생의 시련이야…

그래도 등록금 안 대준다는 건 좀 무서워서 지존심 비리고 예선을 열심히 치렀다.

최우혁 씨.

자취요리왕 피디 이종한인데요,

예선 합격하셨으니까 다음 주까지 숙소 들어오세요.

다행인지 불행인지 합격을 해버렸는데

아무래도 여기서 잘 지낼 수 있을 것 같지가 않았다.

긴장 안 돼요?

?

라고 생각하기를 150번째 반복했지만
결국 고민만 하다가 숙소에 입성했다.

안녕하세요.

1005

딱-

···

아, 예.
안녕하세요.

짐은 아무 데나
두시구요.

뭐, 편하게
있으시면 돼요.

···

혹시 저희 때문에
불편하신 건 아니죠?

말이
없으시길래.

…아니에요.

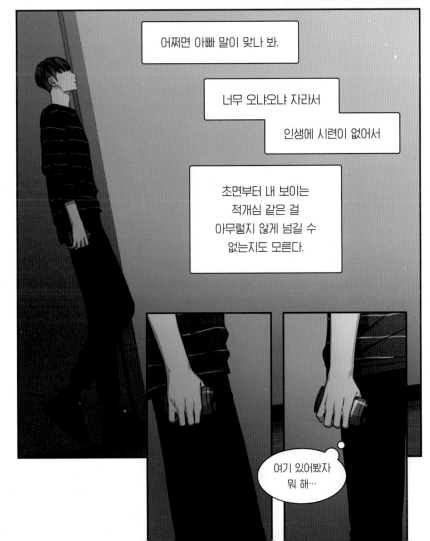

어쩌면 아빠 말이 맞나 봐.

너무 오냐오냐 자라서

인생에 시련이 없어서

초면부터 내 보이는
적개심 같은 걸
아무렇지 않게 넘길 수
없는지도 모른다.

여기 있어봤자
뭐 해…

저기요.

저 들어가야
하는데 좀…

인정하기 싫은데
정말 인생에 시련이 없어서

또래 남자애가 우는데
어떻게 해야 할 줄을
모르는 건가 봐.

쪽팔려서
넌 몰랐으면 하지만

항상 내가 이 경연을
포기하고 싶을 때마다
니가 발목을 잡았어.

내가 정지호를
좋아하는진
모르겠다.

막연하게 뭘 어떻게
잘해보고 싶었는지도 몰라.

처음부터.

귀엽다고 생각…

뭐야…

표정
왜 저래…

야, 좆 됐어.

이거 봐봐.

그들은 몰랐다.

비게퍼가 있다면,

비레퍼도 있다는 것을.

야,
얘 레즈야?

너랑
키스했잖아!

뭐냐고?!

나도 하도 답답해서 해본 소리야…

이런 건 예상도 못 했어.

…

…넌 진짜 걔랑 무슨 사이야?

아는 거 없어?

그건…

사실 걔가 합숙 초반부터 번호를 달라고 해서 줬는데 계속 연락이 오더라고. 딱히 거절할 이유도 없어서 계속 받아줬는데 그날은 이상하게 회식도 안 간다며 쭉 따라오더라. 숙소까지 오는 차도 둘이서만 따로 같이 타고 가자고 해서 그러자고 했지.

마침 나도 너랑 싸워서 같은 차 타기도 싫었고 잘됐다 싶었어. 근데 자기 얘기 좀 들어달라며 남자 숙소까지 따라 들어왔어. 뭔 얘기를 하나 싶어서 들어주려고 했는데 다짜고짜 입술을 들이밀더라고. 걔가 먼저 한 거야. 시기를 보니 그때쯤 비레펀지 뭔지 시작한 거 같은데 본인도 혼란스러웠나 봐.

난 그냥…
그때쯤 니가 들어오지 않을까 싶어서 가만히 있었고.

알다시피 너랑 싸워서 어떻게든 속 긁고 싶었거든.

니가 나 말고 다른 사람한테만 살갑게 구는 것도 싫었고,

여러모로…
나만 너 신경 쓰이나 싶어서 니가 당황하는 것도 보고 싶었고…

진짜 초딩이야?!

미안…

됐어.

별 심각한 이유도 아니잖아…

아무튼 넌 내가 좋은 거지?

…

…

넌 왜 내가 무슨 말만 하면
얼굴 빨개지면서
이럴 때는 막 나가냐?

무슨 소리야.

이거
비게퍼인데?

아무거나 갖다붙이면
되는 줄 알아…

비게퍼를
왜 지금 하냐고…

니…

니 방 두 번째
서랍에…

첫 번째 서랍에
넣어놓으라고
300번 말했어.

앞으로 고데기
쓸 생각 하지 마!

쾅

…

관종이는 신경도 안 쓰는 것 같아.

다행이다. 그치?

그러게.

걘 무섭긴 한데 좋은 애 같아.

...

추운데 왜 옷을 얇게 입었냐?

이것 봐라.

너 내가
가만히 있으니까
쉽지?

내가 10개월이나
형인데

너 웰케 건방져?

건방지다고오···

와아아~

쩐다.

...

아~
오랜만에 했더니
손이 뻣뻣하네.

가자.

형님
개멋있어요.

언제부터 하셨어요?

에임 오져요.

~

...

너 존나 멋있다.

알아.

게임을 이렇게 잘하는지는 몰랐어.

흥…

타고났다고나 할까.

잠시 정지호의 화려했던 과거 회상

말 그대로 fps에 천부적인 재능을 타고난 정지호. 보수적인 부모님 밑에서 핍박당하면서도 틈틈이 피시방에 출석했다.

여기 ○○고 정지호라는 놈 있죠?

정지호다…

헤드샷 아니면 취급도 안 한대.

이미 고딩 때 동네에서 이름을 날렸으며, 다들 은근히 대접을 해줬으므로 본의 아니게 잘나가는 축이었다. 입시를 하느라 잠시 쉬었던 암흑기가 있었지만, 그 시기가 지나고선 재능이 완전 빛을 발했다.

대학 단과대 대항전에서 팀을 캐리해 우승을 거머쥐었고, ○○구 대학별 대항전에서도 큰 활약을 해 우승의 주역이 되었다.

< 우승 >

상경대 문과사천왕 팀

○○학번 정지호, ○○학번 김김김, ○○학번 박박박, ○○학번 이이이

< 준우승 >

예술대 예대오지마라 팀

필연적으로 동기, 선배, 후배,
타과생까지 정지호를
떠받들었고
그것은 정지호의 단단한
자존감과 자부심의 근거였다.

때문에 다소 조빱 같은 외모에도 불구하고 정지호는
돈이 없어도, 성적이 떨어져도 어디 가서 기 죽은 적이 없었다.
[라고 본인은 생각하지만 그냥 태어나기를 안하무인으로 태어났다.]

현호 보고 싶어…

물론 고양이
키우고 나서
게임이고 뭐고
다 접었지만…

지금은 그 황금손으로
요리를 죽어라 하고 있다.

게임 접은 지
좀 됐지만
저 정도 허접은
쉽게 바르지.

저런 열폭쟁이랑
내가 다른 이유가
이런 거라고.

누가 날
무시하겠냐?

진짜 존나 멋있어요!

우혁이 넌
나만 믿어.

괴롭히는 사람
있으면 형님한테
말하라고.

네.

멋있어.

안다고,
임마~

김근돼는
그날의 충격이
큰 듯했다.

아직도 저렇게
멘붕에서 헤어나오지
못하는 걸 보니…

죄, 죄송…

오늘 탈결전은
김근돼가 유력해 보인다.

오늘 탈락자 결정전에
갈 참가자는

김근돼,

변광인
입니다.

아니나 다를까.

씨익-

씨익-

헐…
어떻해…

김근돼의 불행은
많은 이들의 행복이었다.

잠시 쉬었다
갈게요~!

오늘 춥죠?

따뜻하게
입고 왔어요?

꺄아…!

네…!

저도 우혁이가
하도 따뜻하게 입으라고
해서 따뜻하게 입었어요.

야, 이리 와!

…

헐 대박

엄멈머

333

그 어느 때보다도
빡세지만…

내 일 아니라서
꿀잼^^

치열한 경연이 끝나고…

김근돼 참자가의 요리는
항상 겉멋이 과한 느낌이
듭니다.

우리 자취요리왕은
쉽고 맛있는 레시피를
필요로 합니다.

본인의 전공을
뽐내고 싶은 마음은
알겠지만 실속 없는 요리는
좋은 평가를 받기 어려워요.

변광인 참가자는
항상 음식이 너무
평범합니다.

음식이 깔끔하고
완성도 있어도 누구나
생각할 수 있는 요리는
신선함이 떨어지죠.

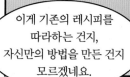

이게 기존의 레시피를
따라하는 건지,
자신만의 방법을 만든 건지
모르겠네요.

심사위원의 만장일치로
탈락자가 결정되었습니다.

자, 탈락자를
발표하기 전에

변광인
참가자.

누가 오늘
자취요리왕을
떠나게 될 것
같습니까?

저…
발표 전에
드리고 싶은
말씀이 있습니다.

?

아버지,
죄송하고 또
죄송합니다.

네…

…

…

아버님께서도
광인 님의 진심을 꼭

알아주실거라
믿어 의심치
않습니다…

그럼,
자취요리왕
다섯 번째 경연.

탈락자를
발표하겠습니다.

탈락자는 바로…

김근돼 님입니다.

근돼 님…
수고했습니다.

으드득

광인 씨
축하해요.

축하해요.

고맙습니다…

축하해요.

너무 죄책감
갖지 마세요.

…

먼저
가보겠습니다.

힘내요!

조심히
갔다 와요.

…

그렇지?!

으음…

…

귀여워.

…

그래야
너 같은 애들이
돋보이지.

헐…

저 약간
주인공 같은
거예요?

제 위주로
찍어주세요~

너 첫날부터 춤춰서
관심 끌었잖아.

처음부터
눈에 들어왔는데
내 안목이 맞았어.

제 어떤 면이
눈에 들어왔는데요?

너 잘생겼잖아.

귀엽고.

예쁘기도 하고.

ㅎㅎ~

저도 알아요.

제가 좀 흔치 않은 묘한 매력이 있죠.

너도 알아?

ㅎㅎ 없진 않았죠.

인기 많았겠네.

뭐, 지금도 저 좋다는 사람 없진 않은 데요~?

너 좋다는 사람이 있어?

네, 근데…

저도 걔가 싫지가 않아요.

좀 초딩 같고, 짜증 나게 굴긴 했는데…

생긴 거랑 다르게 순진하고

당황하면 어쩔 줄 몰라 하니까

귀여워요.

그래서 어쩌다 보니 썸타는 거 같아요.

원래 그런 거예요?

개가 날 좋아하는 티를 낼 때마다…

웃기면서도 사실 되게 좋아요.

뭐야,

너 나 좋아하는 거 아니었어?

…

네?

아니야?

아~ 드립 치시는 거예요?

피디님 좋아하죠!

실망이다…

나 좋아하는 줄 알았는데…

다른 애랑 썸탄다는 얘기나 하고.

뭐야…

진심이야?

…

나보고 잘생겼다며.

그리고 회식도 니가 나오라며.

잘생겼다고 하면 좋아하는 거예요?

난 관심 있는 사람 아니곤 그런 말 안 해.

저, 전 헤퍼서 그런 말 막 해요!

그래?

그럼 난 니가 남발하는 잘생겼다는 말에 낚여서 놀아난 거구나…

* 필사적으로 쌍욕을 참는 모습

그날은 술기운과 개논리 공격에
완전 정신을 놓았다.

너무 말도 안 되는 개논리를
들으면 뇌가 못 받아들이고
바보가 된다는 걸 깨달았다.

이래서 사람은 좋은 걸 보고
들어야 하나 봐…

좋은 걸…

…

왜 이러고
있는 거지?

이러고 있어도
되나?

이 새끼 깨기 전에…

으음…

…

뭐.

왜.

오줌 마려워?

아니…

사이가 좋아진 건 맞지만
그렇다고 우리가 안 싸우는 건 아니었다.

라, 라면이나 먹게 나와.

응.

왜 나는 이런 놈들만 꼬이는 거지…?

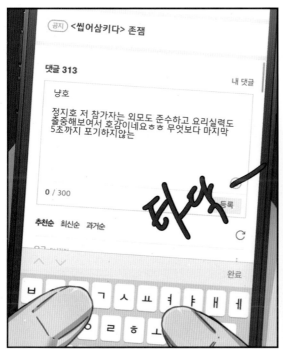

공지 <씹어삼키다> 존잼

댓글 313

내 댓글

낭호

정지호 저 참가자는 외모도 준수하고 요리실력도 출중해보여서 호감이네요ㅎㅎ 무엇보다 마지막 5초까지 포기하지않는

0 / 300

등록

추천순 최신순 과거순

완료

…

…

이런 식으로 얼렁뚱땅 넘어가서 끝나기도 했다.

해봐.

진짜 건방진 새끼.

그래, 어쨌든 우리가 안 싸우는 건 아니었다.

제작진　오늘 탈락자 결정전 간다고 했을 때 기분이 어땠나요?

정지호　음- 처음엔 멘붕했는데요, 어차피 저만 겪는 일도 아니고

정지호　너무 깊게 생각할 것 없이 이기면 된다고 생각하니까

정지호　마음이 좀 편해졌어요.

제작진　결국 이기고 살아남았는데, 앞으로의 포부를 알려주세요.

정지호　앞으로는 멘붕하지 않고 누구에게도 지지 않겠습니다.

정지호　뭐… 1등도 노려보고 싶고요.

정지호　그리고 우승은 꼭 제가 하도록 하겠습니다!

자취요리왕 SEASON2 | SBTV

제작진 | 가장 의식되는 경쟁 상대가 있나요?

자취요리왕 SEASON2 | SBTV

정지호 | 최우혁이요. 걔가 의외로 실력도 있고 여러모로…

자취요리왕 SEASON2 | BTV

정지호 | 이겨보고 싶어요.

자취요리왕 SEASON2 | BTV

제작진 | 최우혁 참가자가 라이벌이다?

정지호 · 네, 저만 그렇게 생각할 수도 있는데 어쨌든 전 그래요.

제작진 · 정지호 참가자가 라이벌로 꼽았는데 어떻게 생각하시나요?

최우혁 · 걔가요? 딱히 신경 안 써요.

제작진 · 본인은 라이벌이라고 생각 안 하시나요?

최우혁 혼자서 라이벌이라고 생각하라고 하세요.

최우혁 실력은… 말 안 할게요.

…

인터뷰로 통수를 쳐?

그땐 우리가 개싸움 할 때고…

팍ㅡ

…

방으로 따라와.

으음…

인터뷰 따게
오세요-!

더벅

아,
오징흥…

…

씽 —

야,
오징호!

씽 —

…

끼익

무서운 인간…

대체 그날 뭔소리를
들었는지 아직도
정리가 안 돼.

무슨 말을
해야 할지도…

…

왔네.

앉아.

귀신이야…?

…

정지호 안의 무서움 순위
관종 → 피디 → 귀신 → … → 나머지

좋나요?

빠악

응,
잘생겨서 좋다.

나 존나 얼빠고
그래서 걔랑
비게퍼한다.

그러면 안 돼?

...

들어갔네.

...

인생 망했네.

2초 만에
정신을 차렸다.

…는 장난이에요.

편집해주실…

다들 수고.

싸생—

…

…설마 사람이면 이걸 방송에
내보내진 않겠지.

근데 저 사람은
이상한 사람이잖아.

내가 왜 그랬지
진짜…

미쳤나 봐…

뭐 해?

오늘은
검색 안 해?

나중에…

…

너 무슨 일
있지?

…

있는데…

좋나요?

너한테는
말 못 해…

응,
생겨서 좋다.

얼빠고
그래서 개랑
비게퍼한다.

그러면 안 돼?

아니…

피곤해서 그래.

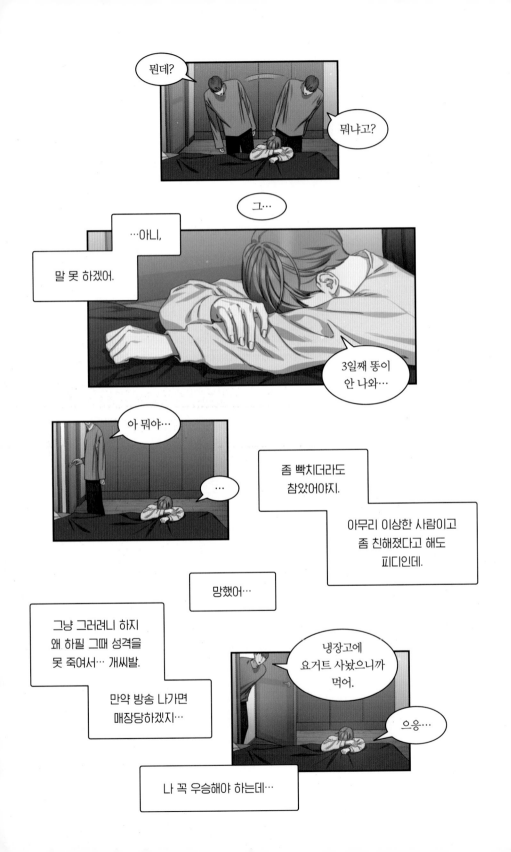

그렇게 여섯 번째 경연 날…

오빠!
오늘 얼굴
왜 이래요?

메이크업 좀
해달라고 해요.

다 죽어가네…

비타민 같은 것
좀 먹어요.

틴트
좀 발라요.

다들 걱정해줘서
고마워요…

방송에 나의 깨는 면이
나와도…

날 좋아해줬으면
좋겠어요…

여섯 번째 경연의 주제는
제육볶음도 스테이크도 아닌

돼지고기

삼겹살,

전지,

갈비,

막창,

뭐든지
상관없습니다.

원하는 부위를 이용해
가장 간편하고 맛있는
돼지고기 요리를
만들어주십시오!

나는 그날따라
머리도 안 돌아가고

생각나는 거라곤
옛날에 할머니가 해주신
돼지고기 김치밥밖에
없어서

협찬사의 참기름

← 협찬사의 김치

포기김치

그거라도 기깔나게
해보기로 했다.

협찬사의 돈삼겹살
↓

툭

에이씨…

…아잇~

얘가
왜 이래~

결과적으론 뒤늦게 카메라 의식하느라
전혀 집중할 수가 없었지만…

재료의 크기가
제멋대로네요.

맛있긴 한데,

좀 더 정성들여
만들었으면 어떨까
생각이 듭니다.

그리고 참기름 맛이
너무 강해서
다른 맛이 잘 느껴지지
않아요.

조금 아쉽네요.

···

돼지껍데기로
냉채를 했는데,
냄새도 안 나고 식감도
잘 살렸습니다.

양념도 맛있고,
전체적으로 아주
잘하셨어요.

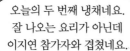

오늘의 두 번째 냉채네요. 잘 나오는 요리가 아닌데 이지연 참가자와 겹쳤네요.

그런데 돼지기름이 굳어서 보기에도 안 좋고 입안에 남는 느낌도 별로네요.

이지연 참가자와 비교가 될 수밖에 없네요. 실망스럽습니다.

북방식 만두와 사워크림 맛을 최대한 재현한 요거트 소스를 잘 매치했네요.

지방이 많은 부분을 사용했는데, 요거트 소스와 고수가 느끼함을 잡아 끝없이 들어갑니다.

아주 새로우면서도 맛있네요.

자취요리왕 여섯 번째 경연.

이번 경연의 우승자를 발표하겠습니다.

좋겠다…

탈락자 결정전에 가게 될 참가자는

정지호,

김청순입니다.

같이 비게퍼하는 사인데…

참 극과 극이구나.

피디님…

평소엔 그렇게
나 찾아대더니…

이럴 땐 왜 보이지도
않는 거야.

야,

너 무슨 일인지
말해.

똥을 못
쌌다고…

아니잖아!

…

너한텐 말 못 해…

피디놈…님을
찾아내서 머리카락을
뽑으면…

…

모르겠어.
이미 계약서 썼는데.

내보낸다고 해도
할 말도 없고.

그냥 내가
바보 같아.

진짜
왜 그랬는지
모르겠어…

나 진짜 떨어지면
안 되는데,

떨어지면 우리
현호는 어쩌라고…

현호 생각 하면서
무슨 말을 들어도
참았어야 했는데.

애초에 별말도
아니었잖아.

병신아.

현호 보고 싶어…

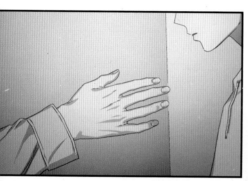

…

현호 지금
어디 있는데?

취로 18-28
cnl-fh 18-28

여기야?

친구랑
얘기했지?

응.

빨리 보고 와.

가자.

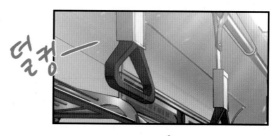

덜컹—

덜컹

늦어서
죄송합니다~

괜찮아요.
시간 있으니까
빨리 준비해요.

네.

흐다닥

내가 짊어진 책임감을 다시 한번 실감하고 난 후에는
머리가 차가워지고 이성이 단단해진다.

이번
탈락자 결정전의

주제는!

현호를 봐서,

본 경연해서 했던 요리를
비건 요리로 재현하는
것입니다!

타닥 ―

그리고

내가 무작정 내뱉은 말을
나보다 더 진지하게
받아들이고 행동하는
너를 봐서

사실은 항상 나한테 져주고
이것저것 안겨주려고 하는 너를 알아서

좀 더

네가 욕심이 나서

시간이
다 되었습니다!

무조건 이길 거야.

요리에서
손을 떼주십시오!

너는 탈결전 안 간 척하지 마.

니가 더 많이 갔잖아.

한 번 차이잖아.

어쨌든 니가 한 번 더 많이 갔네.

깡!

!

오늘 바로 숙소 들어갈까?

안 피곤해?

그래도 어떻게 그래…

턱

씨발, 짜증 나.

너네 재 꼭 이겨. 알겠어?

별떡

난 저년 머리채 잡으러 갈게.

그거라도 해야 될 것 같아.

니들도 내 꼴 나지 말고 적당히 해.

?

2권에서
계속